Balonul cu bucurii

Poezii pentru copii

Alexandra Vasiliu

Editura Stairway Books
Boston, Massachusetts

Băieţelului meu,
care trezeşte la viaţă,
lumi întregi de bucurie

Cuprins

O balenă cu mine acasă

Dacă aş putea lua
o balenă
cu mine
acasă,
aş fi foarte fericită.

Am mânca
împreună
îngheţată
de alune
ş-am sorbi
pe îndelete
suc de piersici
şi caise.

Iar în semn
de mulţumire,
scumpa mea balenă,
vuuum,
vuuum,
vuuum,
mi-ar umple
toată cada
cu trei valuri
de ocean.

Desigur,
şi cu niscavai
peşti multicolori,
cu recife de corali
şi c-un banc
sau două
de nisip.

Dar, ce-ar conta
un mic
detaliu
în atâta bucurie?

Desigur,
fiind aşa de multă apă,
mi s-ar umple
nu doar cada,
ci ar da pe dinafară
şi piscina vecinilor
şi piscina vecinilor
vecinilor.

Dar, ce-ar conta
un mic detaliu
în atâta bucurie?

Dacă aş putea lua
o balenă
cu mine
acasă,
aş fi foarte fericită.

La ora de Ştiinţă

La Şcoala de Iepuraşi,
astăzi
este ora de Ştiinţă.

„Sunt două explicaţii
referitoare
la viteza de mers
a melcului,"
spuse ferm
profesorul
Săgeată-Iepurilă.

„Fie Domnul Melc
ştie
anumite vrăji

şi preface
fiecare secundă
într-o oră
şi fiecare oră
într-o zi
şi fiecare zi
într-o săptămână
şi fiecare săptămână
într-un an."

„Aşa că,
fiind
un magician dibace,"
continuă profesorul,
„îi dă mâna
să meargă agale,
pâş,
pâş,

pâş,
prin curte,
şi să creadă
că trăieşte
chiar mai bine
de un secol."

„Fie Domnul Melc
meditează
ca un înţelept,
căruia îi place,
la plimbare,
să contemple
toate frumuseţile
din jur.

<Ia uite
o gâză!>

<Ia uite

o frunză!>

<Ia uite

o rază!>"

„O,

dar ştiţi ceva,

dragi copii de iepuraş?"

exclamă profesorul

cu bucurie.

„Oricare dintre ipoteze

ar fi adevărată,

eu cred

că melcul

este

un mare fericit!"

„El este singurul
care nu aleargă
vââââjjj,
vââââjjj,
vââââjjj,
ca o cometă,
prin grădina
cu lalele."

Mâncarea favorită

Dacă aş putea să mă joc
cu orice aş vrea,
atunci eu, Joe,
motanul
cel mai inventiv
din lume,
aş alege
să fac un ghem uriaş
dintr-o porţie grozavă
de spaghetti.

Ce m-aş mai distra!

Le-aş învârti,
le-aş răsuci,

le-aş ronţăi,

le-aş fugări,

le-aş arunca

sus

în aer,

pentru ca mai apoi,

dintr-un singur salt atletic

să le prind

direct

pe mustăţile-mi

atent ferchezuite

cât aş zice ...

peşte!

Ce bine ar fi!

Dragi copii,

să știți
că ghemul ăsta buclucaș
cere
ore bune de migală
și creație!

Știu că m-ați privi
cu toții
ș-ați striga-n gura mare:

„Ia uitați-vă la Joe!
De vreo două ore

mestecă
și tot mestecă
mâncărica
de șireturi
fără capăt!"

Linguriţa fermecată

„Dacă aş avea
o linguriţă fermecată,"
îşi spuse-n gând
Pufuleţ,
puiul de urs polar,
în timp ce se înfofolea
cu fulare,
haine groase
şi mănuşi de lână,
„atunci aş lua-o
şi aş învârti-o
în cafeaua mamei."

„Şi aş învârti-o
şi aş tot învârti-o

până ce licoarea caldă

s-ar preface

într-un ocean

verde-azuriu,

plin de peşti,

corali

şi scoici."

„Mmm,

ce frumos ar fi!"

„Pe dată,

şi eu

şi mami

ne-am arunca,

ţup,

în apă."

„Am înota

aşa de fericiţi

c-am uita

pe dată

de Ţara-Albului-nesfârşit.”

„Am visa

ş-am face pluta

toată ziua

până ce ne-am zice

amândoi

în barbă:

<O, ce bine

este

să ne gâdile

soarele verii!>”

Luna de pe cer

Dacă aş avea
o putere specială,
vă rog
să mă credeţi
pe cuvânt
de motan
alintat şi mustăcios
c-aş vrea să văd luna
de aproape.

Mereu m-am întrebat
ce este.

Dacă luna
ar fi un leagăn,

atunci să ştiţi

că eu m-aş da

huţa-huţa

pe o margine a ei

şi în loc de stele,

aş vedea

ca printr-un vis

zeci

de farfurii

cu lapte

dulce şi cremos.

Dacă luna

ar fi un covrigel cu unt,

desigur

că i-aş ronţăi

un colţ

înainte de culcare!

„Bine, bine,

o să ziceţi,

dar dacă luna

ar fi o bunicuţă blândă,

stând

în cerdacul nopţii,

depănând poveşti,

ce ai face

atunci?"

Ei bine,

chiar şi atunci

aş avea o rezolvare,

doar de asta sunt

un motănel

tare, tare, tare

alintat.

M-aş culcuşi
pe dată
în poala ei,
ca s-ascult
ce fac prinţii,
zânele
şi împărătesele!

Doar şi eu,
dincolo
de lungile mustăţi,
am un suflet simţitor!

Aşa că vă rog
să mă credeţi
pe cuvânt de motan
alintat,
pieptănat

şi tare mângâiat
c-aş vrea să văd luna
de aproape!

Mereu
m-am întrebat
ce este.

Leagănul de vis

O, dacă aş avea
o putere
cu totul şi cu totul
specială,
m-aş da în leagăn
până dincolo
de nori şi zări!

Mi s-ar spune
că sunt
cea mai curajoasă
maimuţică
din lume.

Dar, ar fi greşit.

Sigur

aş fi

doar cea mai fericită

maimuţică

dintre cele mai fericite

maimuţici

din lume.

C-un braţ aş prinde

soarele,

iar cu altul

m-aş ţine

strâns,

strâns de tot

de mâna vântului!

O, ce minunat ar fi!

Tartine cu unt şi miere

„De câte ori mănânc
tartine
cu unt şi miere,
mmm,"
îşi spuse în gând
Grivei,
căţeluşul pofticios,
„îi înţeleg
pe urşii din păduri."

Apoi, muşcând
înc-o tartină
garnisită din belşug
cu miere,
îşi zise:

29

„Adevărul este parfumat,

mmm,

ca fagurii,

şi dulce,

mmm,

ca mierea

pe limbă,

mmm!

Mmm,

de asta,

urşii au abonament,

mmm,

pe viaţă,

mmm,
la stupii din păduri.

Mmm,
mmm!
Ce dulce-i mierea!
Mmm!"

Bâzu, bondărașul fericit

„O, ce mult îmi place
vara!"
spuse încetișor
bondărașul Bâzu.

„Toată ziua
mă dau
huța,
huța,
pe petale parfumate
de crăițe,
garofițe
ori margarete.

Nu am altă treabă

decât

cu spor

să mă bronzez

şi din plin

să tot visez.

Huţa!

Huţa!

O, ce mult îmi place

vara!

Flori

oriunde îmi întorc

privirea,

mic dejun

şi cină

pretutindeni!

O, ce bine este!

Huţa!
Huţa!
O, ce simplu
trece ziua!"

Tramvaie decapotabile

Eu sunt
cel mai visător pisoi
din cartier.

Toată ziua,
bună ziua,
moţăi,
şi visez poveşti
mult mai palpitante
decât la cinematograf.

Şi ca să mă credeţi,
o să vă spun
ultimul meu mare vis.

Aş vrea

cu tot dinadinsul

să mă coalizez

cu cei mai mari elefanţi

din lume

şi împreună

să avem puterea

să fondăm

Asociaţia Doritorilor

de tramvaie

decapotabile.

O,

nici nu mă îndoiesc

că n-ar fi

un real succes!

Elefanţii ar semna
cererea
pe dată.

Sunt sigur.
Da, da!

Fiind aşa robuşti şi înalţi,
ei visează doar
confort în călătorii:
cum să stea
picior peste picior
pe scaun,
să se uite îndelung
pe geam
şi să pape întruna
îngheţate cu căpşuni.

Iar la rândul meu,
aş semna şi eu
pe dată.

Desigur c-aş semna
pentru toţi pisoii
din oraş.

Cum adică,
de ce aş semna?

Voi nu ştiţi
cât de tare
îşi doresc pisoii
să adoarmă covrigel
în tramvaie legănânde,
pe banchete
cu perniţe moi,

iară vântul

să le mângâie

blăniţa,

să le gâdile

burtica?

Duşul elefantului Bum

Elefantului Bum
îi place tare mult
căldura verii.

Toată ziua se bronzează,
iar când vrea
să se răcorească,
nu aleargă după sucuri
şi îngheţate glazurate.

Brusc,
uup, uup, uup,
Bum
îşi face trompa
duş!

Nouă vieţi

La micul dejun,
doamna şoricel Mimi
îi citi
soţului ei,
cu voce tare,
din revista
Noutăţi.

„Un studiu
ştiinţifico-pisicesc
spune
că pisicile au
nouă vieţi.”

„Hm!"
mormăi dânsul,
în timp ce muşca
dintr-un croissant
cu brânză.
„Asta înseamnă multe."

„Adică, ce anume?"
îl întrebă
nevasta
îngrijorată,
aranjându-şi
buclele
pe sub boneţica
proaspăt apretată.

Domnul şoricel Jenică
sorbi

o înghiţitură

din ceaiul

cu fructe şi lămâie

şi apoi,

îi explică

pedant

consoartei.

„Păi, sunt două lucruri

grave,

două lucruri

care deja îmi dau emoţii...

Fie că pe lângă viaţa asta,

pisicile mai au

opt vieţi,

mari şi late,

de rezervă.

Atunci, desigur,

noi,

neamul şoricesc,

avem

o problemă

serioasă.

De unde

vom mai lua

alte opt vieţi

pentru lupte

şi auto-apărare?

Fie mai înseamnă

că dacă pisicile au

nouă vieţi,

atunci,

au obligatoriu

nouă

umbre

mari şi late.

Şi-n acest caz, desigur,

noi,

neamul şoricesc,

avem

iar

o problemă

serioasă.

Cum

ne vom apăra

şi de umbrele

pisicilor?”

Un mijloc exclusivist de zbor

Asociaţia Furnicilor de Pretutindeni
a dat anunţ
în ziarul *Universal.*

"Dragi locuitori ai Terrei,
vă facem cunoscut
că de astăzi înainte
noi dorim
să fim
cliente exclusiviste
ale avioanelor voastre
de hârtie.

Greutatea
ne permite.

Hărnicia
ne recomandă.

Noi,
dragii noştri,
nu visăm decât
să populăm
fiecare colţ al lumii.

Aşadar, vă rugăm
să construiţi
cât mai multe
avioane de hârtie,
aşa încât şi voi
şi noi
să fim zilnic
fericiţi!
Vă mulţumim."

Şoricelul Chiţ

Cine ar fi crezut
că şoricelul Chiţ
şi-a luat
inima
în dinţi
şi s-a dus
să se angajeze?

„Unde? Unde?"
parcă aud că
mă întrebaţi.

În grădina cu lalele,
pe post
de ghid turistic.

„Şi ce face?”
o să ziceţi.

Ei bine,
şoricelul Chiţ
trebuie
să prezinte
curtea cu cireşi,
castani,
floricele
şi legume
fiecărui mic turist.

Fie că-i căţel,
ori un motănel,
cu orişicine
trei' să facă
tot la fel.

Numai că lucrurile
nu se întâmplă
fix aşa.
Domnul Chiţ
este tare timorat.

„De ce?
De ce?"
o să mă întrebaţi.

Fiţi atenţi!

De fiecare dată
el o ia înainte
şi-i invită
elegant
pe turiştii curioşi:
„Urmaţi-mă, vă rog!"

După care, o ia la fugă
de îi sfârâie pantofii.

Şi în câteva secunde,
i-a învârtit
prin toată curtea
de n-avură vreme
de un *click-click*
pentru o mică poză.

Ah,
şi la sosire
toţi turiştii-s leşinaţi
şi asudaţi,
numai nenea Chiţ
mustăceşte
un pic
cam încurcat.

Nimeni nu ar crede

c-amicul nostru

este întotdeauna

intimdat

de mulţimea de turişti.

El nu ştie engleza

pentru pisici,

nici franceza

de căţei.

De asta

fuge iute.

De asta-n grabă

îşi scoate

de prin toate buzunarele

zecile de hărţi

cu scurtături,

care toate duc

numai, numai

la biroul de sosiri!

Oh,

nu vă supărați

pe nenea Chiț!

E și el

un simplu debutant,

inventiv

și cu mult zel!

O uriaşă îngheţată de vanilie

„Dacă aş putea face

o uriaşă îngheţată

de vanilie,

atunci

nu m-aş duce

la magazin

să cumpăr

lapte

şi arome,"

îşi spuse

gânditoare

pisicuţa Luci,

tolănindu-se

pe covoraş.

„Aş culege
de pe cer
un mănunchi mare
de raze
şi le-aş pune
bine, bine
în congelator
până ce s-ar face
acadele îngheţate.

Apoi, le-aş împărţi
una câte una
celor mai haioşi
copii
din cartier.

O,
ce bine ar fi!

Toată ziua
ne-am distra!
Am mânca pe săturate
înghețată
făcută-n casă
și am râde-n
gura mare
de mustățile noastre
albe,
lungi
și-nvârtite
pe după urechi!"

Fără griji

Dacă tot globul pământesc
ar fi plin
cu somoni
mari şi graşi

şi dacă toate lacurile,
râurile,
mările
şi oceanele
din lumea întreagă
ar fi pline
ochi
cu lăptic
dulce şi călduţ,

noi,

pisicile

cele mai sensibile

de pe mapamond,

am scăpa

pe dată

de orice fir

de îngrijorare.

Niciodată

n-am mai fugi

după şoricei.

Niciodată

n-am mai mieuna:

„Ne este

fooameee!

58

Ne este
fooameee!"

De atâta bucurie,
ne-am apuca
să învăţăm
franceza
sau chiar japoneza.

Călătoriile mult visate

Dragi copii,

deși sunt

doamna hipopotam Julieta,

să știți

că n-am deloc

dorințe

extravagante.

De pildă,

fiind o visătoare

moderată,

vă spun sincer

c-aș vrea

și eu

să călătoresc.

Nu, nu cu trenul,

avionul

sau autocarul.

Aş vrea să fug.

Da, da, să fug

prin reţete

şi mâncăruri delicioase,

printre oameni

şi locuri mult prea tare lăudate.

De pildă,

aş vrea

s-ajung şi eu

până la celălalt capăt al lumii,

ca să văd

cu ochii mei

cum dansează
aurora boreală
peste plăpumile
nopţii!

O, ce n-aş da
să m-aşez
şi eu
comod
p-un fotoliu de zăpadă,
să mă răcoresc
c-o îngheţată de arţar
şi s-admir
acel balet
pe săturate!

O, şi apoi,
aş vrea să urc

măcar o dată-n viaţă
tot lanţul muntos
al Himalayei.

Nu, nu la pas,
nici cu călăuze,
ci cu un festin
de vis.

Aş vrea să urc
pe Himalaya din fripturi .
Mda, fripturi nu prea rumenite,
dar cu broccoli şi mult orez,
cu garnituri bogate
din ciuperci
perpelite la grătar
şi banane coapte
peste fire de mărar.

O, iar la urmă,

aş vrea

să fac o baie bună

taman într-un golf

din Marea Neagră,

să mă spăl

de tot praful

şi noroiul,

să mă scald

până la urechi

în valuri dantelate

şi spumoase,

să plutesc

pe-o saltea de margarete

şi să beau

cu paiul

suc de mango

şi de kiwi aromat.

Mmm,
credeți
c-ar fi greu?

O, nu, nu!

La urma urmei,
sunt doar o visătoare
moderată.

Cangurul Vasilică

Cangurul Vasilică
s-a gândit
că poa' să bată
orişice record.

„Ce ar fi ca din zece salturi
să ajung
la Polul Sud,
iar din alte câteva
să mă răcoresc
la umbra brazilor canadieni?"

Dar, când să facă
primul *ţuuup*,
l-a sunat ursul polar.

„Alo? Vasilică?

Cum?

Vrei să vii la Polul Sud?

Şi apoi,

până-n Alaska?

Stai cuminte,

frăţioare Vasilică!

Stai cuminte

la căldură!

Peste tot este aşa de frig

c-o să te înfofoleşti

c-un magazin de haine!

Şi nici vorbă

de un *ţuup*

mai mare

de un milimetru!

Stai cuminte,

frăţioare Vasilică!"

Apoi, *ţâârr*,

l-a sunat şi ursul Grizzly

şi i-a spus

acelaşi lucru.

„Stai cuminte,

frăţioare!"

Atunci,

Vasilică s-a decis.

„Ce să bat

recorduri

peste recorduri

şi să ţopăi

prin zăpadă,

ger şi viscol?

Mai bine alerg

în lung şi lat,

prin Australia mea caldă,

ţuuup,

ţuuup,

ţuuup,

după sucuri

şi îngheţate glazurate."

Trăiască prietenia şi veselia!

A fost odată

ca niciodată

un papagal

cu pene fistichii.

Era aşa de mândru

de hăinuţele lui,

încât într-o zi

s-a hotărât

să zboare

până-n vestul

Oceanului Pacific,

ca toată lumea

să-l admire

cât este de cochet.

Zis şi făcut.

A zburat
zile şi nopţi
la rând.

Iar într-o bună zi,
din apele oceanului,
se auzi un glas:
„Heeii! Tu, cine eşti?"

„Sunt un papagal...
Papagalul
cu penele colorate
cel mai fistichiu
din lume...
Dar, tu?"

„Eu sunt Marin,
peştele mandarin.
Şi sunt la fel de colorat
ca tine.
Dar, mai spune-mi
o dată, te rog,
cum te cheamă!
Pistachio?
Papagalul Pistachio?"

„Nu, nu sunt pistachio,
sunt doar un papagal
cu pene
niţel cam fistichii."

„Ah, e totuna!
Fistichiu sau pistachio.

„Cum totuna?
Fistichiu şi pistachio
au aceeaşi culoare?”

„Exact.”

„Dar, cum se face
că ne-am înţeles?
Eu vorbesc româna.”

„Şi eu engleza,”
îi răspunse Marinică.

„Atunci,
cum de ne-am înţeles?”

„A, vezi, aici
în inima Pacificului,

toate cuvintele

se topesc de căldură.

Şi la fel de repede

se topesc

toate dorinţele noastre

de a fi cei mai cei.

Aici este prea cald

pentru aşa ceva."

„Hm!

Şi atunci ce faceţi

toată ziua?"

l-a întrebat papagalul

nedumerit.

„Zâmbim.

Râdem.

Ne bucurăm

şi ne împrietenim

cu toţi cei care ajung aici.

Aşa că îţi spun...

Bine ai venit,

prietene Pistachio!

Hai să bem un suc!

Amândoi suntem

frumoşi.

Amândoi suntem

cei mai cei,

iar ca noi,

toţi ceilalţi din jur!

Aici

este prea cald

să fim mândri."

Iar papagalul a primit
smerit
invitația.

Apoi, în timp ce își sorbea
sucul,
și-a zis în gând:

„Ce contează
să mă laud
cu penele colorate
cel mai fistichiu din lume?

Toți cei din jurul meu
sunt frumoși.

Ce contează
să fiu aplaudat,

dacă n-am
prieteni?

O, acuma ştiu
că nimic, nimic, nimic
pe lume
nu-i mai important
decât prietenia!"

Şi după ce a băut
cel mai bun suc din lume
cu Marin,
peştele mandarin,
s-a întors
la casa lui,
şi a trăit
ani mulţi şi fericiţi,

făcându-i să râdă
pe toți cei din jurul lui.

„Eu sunt Pistachio,
Pistachio,
Pistachio.

Am pene fistichii,
fistichii,
fistichii.

Vorbesc
și engleza și româna,
pentru că toată ziua râd
și-mi fac prietenii să râdă.

Nu vreau să fiu doar eu
lăudat sau admirat.

Fie ca prietenia şi veselia
să domnească-n lume!

Asta vreau.

Şi atunci pentru toţi
o să fie loc
de laude şi admiraţie,
de bucurie şi bunătate,
de încredere
şi o îmbrăţişare,
iar frigul mândriei
o să fugă
sfârâindu-i călcâiele,
dincolo de Cercul Polar
şi de marginile lumii.

O, prieteni!

Eu sunt Pistachio,

Pistachio,

Pistachio.

Şi am pene fistichii,

fistichii,

fistichii."

Cartea pădurii

La ceas de toamnă,
în pădurea de fagi şi arţari,
căprioara Mărioara
admira natura.

„O, ce frumoase
sunt culorile toamnei!
O, ce lin
cad frunzele din pomi!
O, ce armonios
susură pârâul,
mângâind malurile
pline de flori şi iarbă!
Hm, dar ia te uită!

Ce fete isteţe

sunt ghindele!

Sunt singurele fructe

care au căciuliţă

pe cap

tot timpul anului.

Poate de asta

sunt aşa de zdravene.

Şi ia te uită,

ce umbreluţe colorate

au cipercuţele!

Iar furnicuţele,

da,

ce hazlii

sunt cum aleargă

făr' de oprire

cu sacoşile pline de bunătăţi

mici şi savuroase!

Dar, ia te uită!

Iepuraşul Ronţăilă

şi cu ursuleţul Gogoşel

au pornit

la jogging

înspre piaţa de fragi şi mure!

Da, acolo sunt

vreo zece tufe

foarte încărcate!

O, ce minunat

este să citeşti

cartea pădurii!"

Şi înainte să se întoarcă

înspre casa ei,

căprioara Mărioara

se apleacă

lângă un strat de flori

fără de nume,
plin de strălucire.

Iar după ce adulmecă
parfumul delicat,
a plecat
neauzită.

Şi numai pădurea a văzut
cum la gât purta,
smerită,
colier de frumuseţe,
colier de veselie.

Oful cel mare

Într-o zi,
broasca țestoasă
s-a întâlnit cu melcul.

„Oh, frate,
grea-i viața,
când zi și noapte,
fără încetare,
îți cari casa-n spate!"
oftă broscuța prima.

„Ai dreptate,"
suspină și melcul.
„Dar, bine că ne cărăm
doar acoperișul.

Crezi că dacă am avea şi mobilă,

mai puteam

să ne urnim?”

„Aşa e, frate!

Nu ne-am mai fi mişcat

din loc.

Dar, vezi că-n casa noastră

strâmtă şi nemobilată

nu putem primi

pe nimeni?

Pe ce putem să aşezăm invitaţii?

Unde să le punem

un pahar de lapte

ori o felioară de plăcintă?

Oh, frate,

grea-i viaţa

doar cu acoperişu-n spate!”

Cel mai viteaz motan din lume

Nimeni nu ar bănui,
dar ăsta este
adevărul gol-goluţ!

În fiecare dimineaţă,
fluturaşii trag perdelele
de la dormitorul
celui mai portocaliu motan
din lume.

Dar, fiind extrem de alintat,
dânsul cască
şi se întoarce
înc-o dată
la perete.

Şi atunci
un fluturaş
i se aşează pe mustăţi
şi îi spune
la ureche:

„Scoală-te, boierule,
nu mai sta
între perne
ca un mare răsfăţat!

Vino repede
în bucătărie!

Haide să citeşti
gazeta pisicească
lângă castronaşul
plin cu lapte!

Nici nu ai idee
câte se întâmplară
în grădina noastră
de aseară-ncoace!"

„O, mai stau
un pic
şi apoi
încă un pic
şi apoi
încă un pic!"
mormăi
leneşul poznaş.

„Nici nu bănuiţi voi
pe unde am colindat
astă-noapte...
în vis!

Cum am prins
trei munţi de şoricei!

Cum m-am duelat
cu doi motani
din cartier
pentru mâna
celei mai fine pisicuţe
din oraş!

O, dacă aţi şti voi
cât de viteaz sunt
noaptea-n vis,
atunci m-aţi lăsa
să mă refac
şi să dorm
pe săturate!"

Dară, fluturaşii

nu-l crezură

şi încet-încet

l-au gâdilat

până dânsul s-a trezit.

Fără glorie

şi aplauze,

doar cu ochii

un pic cârpiţi,

ca orişice motan poznaş.

Să fiu altcineva

În livada cu măslini,
se plimba
căţelul
din vecini.

Şi cu mersul
lenevos,
parcă
şi dorinţele-i
trăgeau la somn.

Numai că deodată
începu
să vorbească
singur-singurel.

„Oh,

aş vrea să zbor

şi să zbor

sus,

sus

de tot

ca un fluturaş

multicolor!

Oh,

aş vrea să alerg

şi să alerg

departe,

departe de tot,

pe câmpii

cu flori

ca un iepuraş

sprinţar!

Oh,

aş vrea să cânt

şi să cânt frumos

ca un cintezoi

între tufe de trifoi!

Oh,

aş vrea să am

prieteni

şi să am

prieteni blânzi

cum au

toţi copiii buni!

Oh,

aş vrea atâtea

lucururi minunate!

Dar,

ia te uită!

Doar visând

la ce-aş putea

să am,

mă simt

deja

mai bine,

plin de încredere,

gata de alint

şi de o porţie

maaareee,

maaareee,

maaareee

de somnic!"

Nu orişice barcă cu pânze!

„Dacă aş putea,
mi-aş construi
cea mai fabuloasă
barcă cu pânze
din lume,"
şi-a zis în sinea lui
poneiul Kiki,
în timp ce visa
la călătorii nesfârşite
peste mări şi oceane azurii.

„Şi ca să fie
cea mai şi cea mai
fabuloasă
barcă cu pânze

din lume,

nu i-aş pune

pânză rezistentă

la vele,

aşa cum au

toate corăbiile

sau catamaranele

din lume.

Dimpotrivă!

I-aş ataşa

de catarg

nişte aripi

uriaşe

de fluture exotic,

nişte aripi

care să vestească

orişicui,

oricât de departe

ar fi,

cât este

de fantezistă

şi de visătoare

inima

celui

ce şade în corabie.

O, dacă aş putea,

mi-aş construi

cea mai fabuloasă

barcă cu pânze

din lume

şi aş călători

peste mări şi oceane azurii!"

Hai sub ploaia de stele!

În pădurea cu stejari,
este forfotă mare.

Diseară se anunţă
ploaie de stele
căzătoare.

Toată lumea
o să iasă
la spectacol.

Nerăbdător,
ursuleţul Gugu
îşi sună
prietena veveriţă.

„Mm,

nu cumva

să greşesc

numărul ei de telefon,"

mormăi Gugu,

potrivindu-şi bine

ochelarii

pe năsuc.

„Două ghinde,

trei alune,

şapte nuci,

ăsta-i numărul lui Ţiţi!"

Ţâârrr,

ţââârr,

ţââârr!

„Alo?"

se auzi

deodată

într-o scorbură

cochetă.

„Alo? Bună, Ţiţi!

Sunt eu,

ursuleţul Gugu.

Ce mai faci?"

„Bună, Gugu!

Multumesc, bine.

Iaca,

fac nişte clătite."

„Mm, ce deliciu!

Te-am sunat

să te invit

la ploaia

de stele căzătoare

de diseară.”

„O, nemaipomenit!

Vin,”

a exclamat veveriţa.

„Să ştii,”

i-a spus ursuleţul Gugu,

„o să vină

toţi amicii din pădure.

O să ne întâlnim

sus,

pe buza

dealului gălbui.”

„Ce minunat!
Atunci, o să aduc
un munte de clătite
cu dulceață.”

„Iar eu o să aduc
un samovar cu ceai,”
zise Gugu încântat.

Şi aşa făcură
amândoi.

Dar, ce să vezi?

Pe buza
dealului gălbui,
când o stea

îşi lua avânt

ca să fugă

pe cai albi,

înaripaţi,

toţi prietenii uitau

să-şi mai soarbă

ceaiul dulce,

aromat

ori să muşte

înc-o gură

din clătitele pufoase.

„O, ce frumos spectacol!"

murmurau cu toţii

din pădurea cu stejari.

Cea mai simplă dorinţă

În fiecare după-amiază
mie,
melcului Pâş-pâş,
îmi place
să merg în parc
şi să mă cocoţ
în stejarii maiestuoşi.
De acolo îi admir
pe copiii
ce se joacă
cu baloane de săpun.

Fiecare suflă
cu putere.

Fuuu!

Fuuu!

Şi de fiecare dată,

îmi spun în gând:

„O, ce frumos este să înşiri

mărgele magice

în aer!

Fuuu!

Fuuu!

Ce frumos este să crezi

că poţi prinde

un glob mic

în palme!

Fuu!

Fuu!"

„Dacă oamenii mari

ar şti

ce minuni

văd eu,

în fiecare după-amiază,

atunci cu toţii

s-ar opri din treabă

şi ar veni

fuga-fuga

aici în parc,

s-ar urca-n stejarii

maiestuoşi

şi împreună cu copiii

am râde

hi-hi-hi

hi-hi-hi

de baloanele poznaşe!

Gonacii imaginaţiei motăneşti

Bbââzz!
Bbââzz!

„Câte albinuţe
în grădină!"
suspină motanul,
căutând un loc
de odihnă.

„Toată ziua
hărnicuţe!
Bbââzz!
Bbââzz!"

„Toată ziua,

gălăgie!

Bbââzz!

Bbââzz!"

„Îmi bruiază somnul.

Nu mai pot

sta întins

la soare

nici măcar

o oră,"

mormăi motanul bosumflat.

„Când să aţipesc,

bbââzz,

bbââzz!

Nici viteaz

în vis

nu mai pot să fiu
şi să fug
după mii de şoricei.”
„Încontinuu aud
în jur:
bbââzz,
bbââzz!”

„Albinuţele
îmi bruiază pacea
şi-mi distrug
imaginaţia.”

Bbââzz!
Bbââzz!

O lume nouă

„Dacă ar fi
să pot face lumea
aşa cum aş vrea eu,
ştiţi
care ar fi planul meu?”
şi-a întrebat delfinul
toţi prietenii din apă.

„N-avem
nici cea mai mică idee.”

„Ei bine,
dragii mei,
eu aş construi-o
numai

din muzică şi bucurie.

Şi ştiţi de ce?

Pentru că noi, delfinii,

suntem

melomani

adevăraţi

Şi ca orice melomani

adevăraţi

visăm

o lume veselă

şi rafinată."

Visez o casă specială

Dragi copii,
ce credeţi că visează
un motan
bătrân
şi obosit
după o viaţă de alergat?

N-o să credeţi,
dar e adevărat.

Un motan
bătrân şi obosit
nu visează
nici mai mult,
nici mai puţin

decât s-aibă

o casă.

Nu o casă oarecare,

mare,

or luxoasă,

ci doar una

specială.

O casă

cu burlane din somoni.

O casă

cu acoperiş din puişori

rumeniţi la rotisor.

O casă

cu balcon de îngheţată glazurată

şi pervazuri

din smântână.

O casă specială,

cu vreo douăzeci de uşi,

toate numai din salam

de curcan presat.

O, dragi copii,

nici n-o să mă credeţi

cât de mult aş meşteri

la căsuţa mea,

ronţăind

pe ici, pe colo

câte un colţişor

de clanţă.

Şi cu burta plină,

m-aş visa

ca gospodar!

Crocodilul Hap-hap

Dragi copii,
eu nu sunt deloc
un crocodil
mofturos la masă.

De cum am apărut
pe lume,
am mâncat
tot ce mi-a pus
mama
în farfurie.
Şi mâncam
aşa rapid,
că mama se întreba
dacă nu înfulec

şi cu ochii
ori urechile.

„Nu, nu,
draga mea,"
i-a răspuns tata
cu blândeţe.
„Băieţelul nostru
papă
ca un căpcăun."

„Atunci,"
i-a propus mama,
„hai ca de acum încolo
să-l strigăm
crocodilul
Hap-hap."

Şi aşa,

dragi copii,

m-am pricopsit

cu un nume pe potrivă,

căci într-adevăr

eu sunt

crocodilul Hap-hap

care papă

tot

dimineaţa,

seara

şi la prânz.

Inimă de joacă

Recunosc!

Ca motan
zbanghiu
și creativ,
nimic
pe lumea asta
nu-mi place mai mult
decât joaca!
Când văd perdelele
la geamuri,
mă întreb:

„Oare, n-or fi cascade
de smântână?"

Şi *tuşti,*

mă arunc pe ele,

le învârt,

le răsucesc,

doară-doară

oi găsi şi eu

un strop

de smântânică dulce.

Alteori,

când văd

cum curge

apa

la chiuveta din bucătărie,

mă întreb:

„Hm, oare,

n-o fi asta

o codiţă nesfârşită
de şoricel?"

Şi
vâââjj,
sar pe marginea
chiuvetei
să întâmpin
musafirul!

M-ostenesc
vreo oră
să-i prind
lăbuţa
ori codiţa.

Nu mă dau bătut o clipă,
căci îmi zic:

„Măi, da'

lung

mai este şoricelul ista!"

Însă, dup-o oră

de efort

şi un *hapciu*

răsunător,

o aud

pe stăpâna casei:

„Ooof, Nero!

Iară te-ai udat.

Haide fuga să te şterg,

ca să nu răceşti!"

Şi imediat

mă împachetează

în prosop

de parcă n-aş fi

un motan

creativ şi simţitor,

ci doar o simplă sărmăluţă,

bună de pupat

şi de aranjat.

Prietenia mult dorită

Dragi copii,
eu sunt căţeluşul Creţu'
şi sunt
atât de liberal
încât în fiecare seară
îmi doresc acelaşi lucru.

Vreau
ca noi, căţeii,
să ne împrietenim
cu toate pisicile din lume.

Să nu mai fie
mââârrr
sau

hââârr
între noi şi ele!

Vreau
să ne salutăm,
zâmbind!

„*Ham-ham!*
Ce mai faci?"
„*Miau-miau!*
Bine, bine."

Vreau
să nu ne mai zbârlim
când ne ciocnim
prin grădini
ori pe alei
lângă un cireş ori dud!

Ce dacă ele sunt

cochete,

cu mărgele

sau bonete,

cu pantofi cu toc

şi cataramă,

iar noi, căţeii, n-avem timp de modă,

câtă vreme

avem serviciu

şi păzim grădina,

năduşind?

O,

eu vreau

din toată inima mea

de căţel isteţ şi liberal

să dăm mâna,

mă rog,

să dăm lăbuţa
cu toate pisicuţele din lume!

Vreau
să ne jucăm
şi să mâncăm
împreună,
să fie pace
în toate grădinile
din lume
şi de sub orişice
cireş sau dud
să se audă:
„*Ham-ham!*
Ce mai faci?”
„*Miau-miau!*
Bine, bine.”

Balonul cu bucurii

„Dacă aş avea
un balon,
aşa cum au toţi copiii
de ziua lor,"
se gândi
puiul de elefant Mircică,
„atunci aş vrea să am
un balon,
în care să încapă
toate bucuriile mele
şi ale prietenilor mei
din junglă.

Aş vrea
să fie loc

pentru bucuriile
leilor,
pentru bucuriile
jaguarilor,
albinuţelor,
serpişorilor,
maimuţelor,
broscuţelor,
păsărilor
şi gărgăriţelor
din toată
jungla.

Aş vrea
să fie un balon
atât de mare,
de încăpător
şi de frumos,

încât să ne poată ţine

pe toţi,

cu tot

cu bucurii.

Şi aş mai vrea

să se înalţe

sus

de tot,

dincolo de nori,

de curcubeu

şi sori.

Să zburăm

departe,

departe,

departe

de tot
și să ducem
veselia noastră
în toate colțurile
lumii.

O, da!

Dacă aș avea
un balon,
așa cum au
toți copiii
de ziua lor,
atunci
aș vrea să am
un balon
cu bucurii.”

Dragă Cititorule,

Îţi mulţumesc că ai citit aceste poezii. De acum sper să faci parte dintre prietenii universului plin de minuni al literaturii pentru copii.

Şi pentru că sper ca acest univers al bucuriei, candorii şi seninătăţii să aibă cât mai mulţi prieteni, te rog să-ţi scrii impresiile despre această carte pe pagina website-ului de unde ai cumpărat-o sau pe paginile tale de socializare sau pe alte platforme legate de cărţi şi literatură.

În acest fel, şansele ca această carte să ajungă pe masa mai multor copii cresc, iar cuvintele şi recomandările tale devin foarte utile.

De asemenea, vreau să ştii că poţi să fii întotdeauna la curent cu toate activităţile mele literare, cu noile cărţi pe care le public (poezii, povestiri, nuvele, romane), reduceri de preţ, concursuri, interviuri.

Trebuie doar să te înscrii pe lista mea de prieteni: https://www.alexandravasiliu.net/newslettercarti.

Îţi mulţumesc pentru susţinere.
Bucurii şi lecturi plăcute!

Cu drag,
Alexandra

Despre Autoare

Alexandra Vasiliu s-a născut în București.

După ce în anul 2010 şi-a susţinut teza de doctorat în Filologie la Universitatea Bucureşti, Alexandra s-a dedicat literaturii, dorind să le împărtăşească cititorilor o lume plină de seninătate, de iubire şi armonie.
A scris şi a publicat cărţi pentru copii, volume de poezie şi lucrări de interes academic.

Ultimele cărţi tipărite sunt:

Ninge, ninge cu colinde!

Poezii mititele pentru cei mai dulci copii

Povestea Regelui Timp. Un basm ilustrat

Hi, hi, hi, ha, ha, ha, cu prietenii mei simpatici. Poezii ilustrate pentru copii

Minunatul Antim Ivireanul. Povestire religioasă pentru copii

Privind prin ochii inimii. Poezii de dragoste ilustrate

Prezentul nemuritor. Poezii de dragoste

Cartea dorului. Poezii de dragoste

Spre Veacul Iubirii. Poezii religioase în cinstea Sfântului Antim Ivireanul

Majoritatea cărţilor sunt traduse în limba engleză, fiind publicate în Statele Unite ale Americii.

În prezent, Alexandra locuieşte şi lucrează în Boston, Massachusetts.

Mai multe detalii despre cărţile ei puteţi afla urmărindu-i:

website-ul www.alexandravasiliu.net

sau paginile ei de socializare:

Twitter @Al_Vasiliu,

Instagram
https://www.instagram.com/alexand
ravasiliuwriter,

Pinterest
https://www.pinterest.com/AlVasiliu
Writer/

şi Facebook
https://www.facebook.com/Alexandr
aVasiliuWriter

https://www.facebook.com/CartiRo
manesti

Balonul cu bucurii. Poezii pentru copii de Alexandra Vasiliu. Seria „Prieteni Mereu", nr. 2. Boston, Massachusetts. Editura Stairway Books, 2017

ISBN-13: 978-1548168186
ISBN-10: 1548168181